THERESE DANET

A

EUPHÉMIE,

HÉROÏDE.

THÉRESE DANET

A

EUPHEMIE,

HÉROÏDE.

Par M. IMBERT.

A PARIS,

Chez DELALAIN, Libraire, rue de la Comédie
Françoife.

M. DCC. LXXI.

Avec Approbation & Privilége du Roi.

SUJET DE CETTE HÉROIDE,

Ou Précis de l'Histoire de FRANÇOIS MONBAILLI, *qui vient d'être condamné comme Parricide par le Conseil d'Arras.*

FRANÇOIS Monbailli & Thérèfe Danet, natifs de S. Omer, étoient unis par l'amour le plus tendre ; cet amour ne fit que s'accroître par le mariage. Mais la jeune Danet n'avoit reçu du Ciel que des attraits, & n'apporta en dot à fon mari que des vertus : crime impardonnable aux yeux de fa belle-mere, femme intéreffée & vindicative, qui n'ayant pu empêcher leur union, réfolut de la rendre funefte, s'il étoit poffible, à l'un & à l'autre, par les plus injuftes perfécutions. La jeune Epoufe n'oublia rien pour captiver fa tendreffe : mais tous fes efforts ne fervoient qu'à aigrir cette femme inflexible, qui n'ayant pu réuffir à les brouiller, s'abandonna, fans réferve, à toute fon averfion. Elle leur fit fignifier un ordre de fortir de chez elle, dans vingt-quatre heures.

Monbailli inconfolable, court chez les Parens de Thérefe Danet fon Epoufe : «Venez mes amis, s'é- » cria-t'il, venez vous jetter avec moi aux pieds de » ma mère ; forçons-là, s'il fe peut, à révoquer » un ordre fi cruel & fi injufte. » On rentre, l'heure de fon réveil étoit paffée ; elle n'avoit pas encore paru. Impatient, on pénétre dans fon apparte- ment. Quel fpeⱡacle ! à leurs yeux s'offre un ca- davre hideux étendu fur un coffre, la tête penchée vers la terre. A cet afpeⱡ, Monbailli pouffe un cri, tombe auprès de fa mère, & y demeure auffi glacé qu'elle. L'art des Chirurgiens l'ayant avec peine rappellé à la vie, on le tranfporte dans un autre appartement, où dans les bras de fon Epou- fe, il pleure la mort de fa malheureufe mère. Tout- à-coup fe répand un bruit fourd qui s'accrédite en circulant. On l'accufe hautement de parricide. Leur longue méfintelligence, l'ordre fignifié la veille à Monbailli, prête de la vraifemblance à cette hor- rible accufation ; & le rapport des Chirurgiens qui trompés par quelques meurtriffures, ont at- tribué cette mort à *l'aⱡion d'un inftrument contun-*

dant, semble mettre le crime en évidence. Le malheureux Monbailli, chargé de fers, est traîné ignominieusement en prison, & condamné à périr avec son Epouse. On dit qu'il a subi son Arrêt avec la fermeté la plus constante, au milieu de ses Concitoyens, qui par leurs cris & leurs sanglots, le proclamoient innocent. Le supplice de la femme a été suspendu à cause de sa grossesse.

On ne prononcera point ici sur les preuves de leur innocence. On renvoye le Lecteur au Mémoire éloquent de M. Hue du Taillis ; on se bornera à dire que du rapport des Chirurgiens même, vérifié par M. Louis, il résulte que la mère de Monbailli est morte d'apoplexie.

C'est bien ici que le Sage seroit quelquefois tenté de murmurer contre la Providence : car ces événemens désastreux ne font point particuliers à notre Nation. Que la sagesse humaine est aisément en défaut ! Quoi ! sous un Gouvernement aussi sage, sous des Magistrats vigilans, dans un siecle aussi éclairé, chez le Peuple le plus humain, l'In-

nocence ne feroit point à l'abri des flétriſſures &
de la mort! Elle devroit donc craindre la loi qu'on
établit pour la défendre! Encore un coup, n'accu-
ſons point nos Magiſtrats; ſouvent une dure fatali-
té & pour ainſi dire une fauſſe évidence, les déter-
mine à frapper l'Innocent malheureux. Je me rap-
pelle à ce ſujet une triſte aventure. J'ignore les
noms & les auteurs, je ne connois que le lieu de
la ſcène; c'eſt Paris. Un Paſſant eſt arrêté dans
une rue, par une voix plaintive & mourante.
Il ſe détourne & apperçoit un homme percé de
part en part d'une épée, qui fermoit encore ſa
bleſſure. Imprudemment, & croyant peut-être
pouvoir lui ſauver la vie, il approche : le Guet
paſſe, & le trouve retirant une épée ſanglante du
corps du mourant, qui rend auſſitôt le dernier
ſoupir. Ce malheureux, que ſa pitié avoit perdu,
traîné au fond d'un cachot, alloit périr honteu-
ſement, lorſqu'un des Juges ayant reconnu l'é-
pée dépoſée au Greffe, s'avoua coupable du
meurtre de cet homme avec qui il s'étoit battu
en duel, & ſauva la vie à l'Accuſé !

Il eſt des cas ſans doute que la loi n'a pu prévoir : la prudence des Magiſtrats ne doit-elle pas ſuppléer à ſon ſilence, & avoir plus d'égard aux mœurs de l'Accuſé ?

Ainſi que la vertu le crime a ſes degrés.

C'eſt une vérité frappante. Un honnête homme de trente ans devenu en un jour parricide ! Quelles preuves, quelle évidence ne faut-il pas pour la convi&ion d'un crime auſſi invraiſemblable ? Les Accuſateurs doivent être ouis ſans doute : mais les vertus de l'Accuſé ſont des témoins qu'il ne faut pas refuſer d'entendre, & qui doivent balancer tout autre témoignage.

La Veuve de Monbailli pourſuit ſon élargiſſement & la réhabilitation de la mémoire de ſon mari. Ses cris ne frapperont pas en vain les oreilles d'un Monarque ſenſible, qui a rendu juſtice à Calas. Il ſeroit à deſirer que l'innocence de Monbailli fut diſcutée avec autant de zèle, & je ſerois content du fuccès de mon Ouvrage, s'il pouvoit déterminer un homme puiffant à embraffer ouvertement fa défenfe.

THERESE DANET

A

EUPHÉMIE,

HÉROÏDE.

Reconnois à ces traits la main de ton Amie;
Apprens son infortune, ô ma tendre Euphémie!
Combien tu vas gémir! oh! combien la douleur,
Si tu m'aimes encor, va déchirer ton cœur!

Parmi des Scélérats, jettée & confondue,
C'est du fond d'un cachot, sur la paille, étendue,
Qu'aux funèbres clartés d'un pâle & noir flambeau,
Je vais de mes tourmens retracer le tableau.
Dieu! quel fut mon bonheur, lorsqu'un Hymen prospère
M'offrit, dans mon Epoux, un Bienfaiteur, un Pere!
J'aimois, je bénissois jusqu'à ma pauvreté,
Qui m'assuroit d'un cœur par le mien mérité.

Qu'il eſt doux & flateur d'être aimé pour ſoi-même !

Je dois tout, me diſois-je, oui, tout à ce que j'aime ;

Chacun de mes plaiſirs eſt un de ſes bienfaits :

Plaiſirs vains & trompeurs, éclipſés pour jamais !

Le ſouffle du malheur a détruit ce vain ſonge :

L'Injuſtice s'éveille, elle frappe, & me plonge

Du faîte du bonheur au gouffre des revers ;

Il ne me reſte plus que la honte & des fers.

Je meurs . . . . . Ah ! garde-toi de ſoupçonner un crime,

Je meurs de l'Impoſture innocente victime ;

L'heure approche, où, du ſort épuiſant le courroux,

Je dois, ſur l'échafaud, rejoindre mon Epoux :

Que ma gloire du moins, quand l'erreur l'a flétrie,

Demeure toute entière au ſein de mon Amie !

I L doit, ce triſte jour, vivre en ton ſouvenir,

Ce jour, avant-coureur d'un plus triſte avenir,

Où Dorval, mon Epoux, trouva dans la pouſſière,

Un cadavre hideux, ſanglant . . . . . c'étoit ſa mere.

Dans ces affreux momens, je reçus tes adieux ;

La loi de ton devoir t'arrachoit des ces lieux ;

Ah ! le fatal nuage, où dormoit la tempête,

Attendoit ces adieux pour crever fur ma tête.

TANDIS que mon Epoux, brifé par fes douleurs,

Renverfé fur mon fein qu'il arrofe de pleurs,

En longs gémiffemens femble exhaler fa vie,

(Tu vas frémir d'horreur, ô ma chère Euphémie !)

Lorfque pleurant fa mère, il fe meurtrit le fein,

On l'accufe, à grands cris, d'en être l'Affaffin;

Ce Citoyen fidèle eft un lâche, un perfide,

Et du fils le plus tendre, on fait un Parricide.

Moi-même armant, dit-on, ce criminel Epoux,

Dans le flanc maternel j'avois conduit fes coups.

La calomnie alors appelle la vengeance;

Alors des fers du crime on charge l'innocence,

Et des Soldats cruels nous traînent fur leurs pas.

Je me flatois du moins, qu'unis jufqu'au trépas,

Nous ferions des tourmens l'horrible apprentiffage :

Mais dans la foule à peine on s'eft fait un paffage,

Qu'on ravit mon Epoux à mes embraffemens.

Que devins-je, Euphémie, en ces cruels momens !

Peins-toi le défefpoir d'une Amante égarée ;

Vois ton Amie en pleurs, pâle, défigurée,

Implorer vainement ces Tigres en courroux,

Lever les mains au Ciel, tomber fur fes genoux,

Se traîner dans la fange, & d'une voix mourante,

S'écrier en frappant fa poitrine fanglante:

« Rendez-moi mon Epoux. » Mes efforts impuiffans,

Mes cris & mes douleurs ont fufpendu mes fens:

Mais l'un d'eux, pour me rendre aux maux qu'on me prépare,

M'emporte dans fes bras, & fa pitié barbare

Ouvre mes yeux éteints aux clartés du foleil.

Quelle clarté funefte, & quel affreux réveil !

Qu'offre-t'il à ma vue ? une caverne impure.

Dans ce mortel repaire, effroi de la Nature,

A travers des barreaux, croifés trois fois entr'eux,

Le jour arrive à peine en rayons ténébreux.

Du crime & du malheur la voix plaintive & fombre

S'y mêle au bruit des fers, retentiffant dans l'ombre;

Le lieu femble ajoûter aux horreurs de mon fort,

Et j'y trouve un tombeau, fans y trouver la mort.

Le Sénat cependant s'affemble, délibère,

Pour arracher l'aveu d'un crime imaginaire,

Et dans de longs difcours cherche à nous égarer.

Notre ame, fans effroi, fe laiffoit pénétrer,

Et nos divers aveux confondant leur adreffe,

Sans être concertés, fe répondoient fans ceffe.

Mais enfin de vains bruits femés par la terreur,

Des foupçons qu'enfanta l'impofture ou l'erreur,

Et d'un vil intérêt la perfide apparence,

Sur trente ans de vertus emportent la balance.

L'infortuné Dorval entend, fans murmurer,

Le récit des tourmens qu'il eft près d'endurer :

Mais l'Arrêt de ma mort a vaincu fon courage,

Et des torrens de pleurs inondent fon vifage.

Son défefpoir s'exhale en foupirs douloureux,

Et par de longs regards, cet Epoux malheureux

Semble accufer le Ciel d'erreur ou d'injuftice :

Finiffez mes tourmens, qu'on me mène au fupplice,

Dit-il, & le premier il s'avance au trépas.

ÉPOUX infortuné! je vais fuivre tes pas,

Permets, (j'en ai befoin) permets qu'à ma mémoire

De tant de fermeté je retrace l'hiftoire,

Et que de ton trépas le cruel fouvenir

Nourriffe ma conftance & m'apprenne à mourir.

Ni l'afpect des Bourreaux qui veillent fur leur proye,

Ni leur fombre appareil, ni leur brutale joye,

Ni du Peuple attroupé l'importune rumeur,

Rien ne trouble fon front ; la paix eft dans fon cœur.

Sous les portes du Temple, on conduit la Victime.

Suivant l'antique ufage, on veut qu'exempt de crime,

En prononçant l'aveu d'un lâche affaffinat,

Il fatisfaffe au Ciel, à fon Prince, au Sénat.

Au nom de Parricide, il s'indigne & s'écrie :

« O mon Roi, je voudrois mourir pour ma Patrie ;

» Dieu, pardonne : fouvent j'ai tranfgreffé ta loi ;

» Juges qui m'immolez, n'attendez rien de moi :

» Je ne fuis point coupable. O vous, vous que j'attefte,

» O mes Concitoyens, dût leur rage funefte

» Me dévouer encore à des tourmens nouveaux,

» Dût leur farouche haine éternifer mes maux . . . . .

» Je ne fuis point coupable. » Un Prêtre qui l'affiège,

L'appelle

L'appelle à haute voix, impie & facrilège ;

Au nom d'un Dieu vengeur, il parle, il tonne en vain :

« Mais vous, lui répond-il, avec un front ferein,

» Vous, Miniftre facré de notre loi fuprême,

» Qui voulez me forcer de mentir à Dieu même,

» Lorfqu'à fon Tribunal, nous ferons tous jugés,

» Vous chargez-vous du crime où vous m'encouragez ? »

Aux pieds de l'échafaud, il arrive en filence ;

Sur cet affreux théâtre, intrépide, il s'élance ;

Je friffonne, Euphémie, ô conftance ! ô vertu !

Il voit, autour de lui, tout un Peuple abattu ;

Il entend fes fanglots ; il voit couler fes larmes,

Et refte cependant tranquille & fans allarmes ....

Ma main tremble, s'arrête, & mon cœur ulcéré,

Par cette horrible image eft encor déchiré.

Si la Mort, par degrés, moiffonnant fes années,

Eût enfin, dans mes bras, tranché fes deftinées,

Tu fais quel défefpoir auroit frappé mon cœur.

Juge de mes tranfports, juge de ma douleur,

Lorfque ce tendre Epoux, qu'opprimoit l'injuftice,

B.

Expira dans l'horreur du plus honteux supplice.

Eh ! que faisois-je alors dans ces affreux cachots ?
Je souffrois loin de lui ses tourmens & mes maux ;
Le plus léger murmure, au sein de mes ténèbres,
Sembloit me rapporter ses cris lents & funèbres,
Quand sous mes yeux s'éleve, en tourbillons errans,
La cendre. . . . . ô Dieu, sa cendre abandonnée aux vents.

TREMBLEZ, Juges cruels, tremblez, je vis encore.
Au retour de la nuit, au lever de l'aurore,
Je veux, en accusant votre Arrêt criminel,
Réveiller la vengeance au sein de l'Eternel.
Vous triomphez trop tôt. Mon dernier jour se lève,
Et déjà de la mort je vois briller le glaive ;
Déjà, pour contempler mon horrible trépas,
Vers le lieu des tourmens vous marchez à grands pas ;
Tremblez : Dieu peut encore, il peut, ouvrant l'abime,
Y plonger l'oppresseur & sauver la victime.
Quand Thémis a reçu vos sermens solemnels,
Avez-vous donc promis d'égorger les mortels ?

Quel Dieu, parlez, quel Dieu vous remit son tonnerre?
Et la vie & la mort déformais sur la terre
Sont-elles donc un jeu de vos caprices vains?
Et la loi de son glaive a-t-elle armé vos mains,
Pour frapper au hazard le crime & l'innocence?
Cruels, qu'avez-vous fait? L'invincible évidence
Ne prouveroit qu'à peine un si noir attentat:
C'est le dernier forfait du dernier Scélérat:
Si parmi vous encor la Nature réside,
Ah! s'il s'y trouve un fils, croit-il au parricide?
Et vous nous condamnez sur un bruit indiscret!
Et des indices vains ont dicté votre Arrêt!
Fléaux des Criminels, qui punira vos crimes?
Nous, Calas & Sirven, & tant d'autres victimes,
Quand Dieu nous verra tous autour de lui rangés,
Nous jugerons alors ceux qui nous ont jugés;
Et le Juste une fois, comme l'Etre suprême,
Pourra frapper sans crime, & se venger lui-même.

O ma chère Euphémie! après tant de malheurs,
Pourrois-tu soupçonner de nouvelles douleurs?

Hélas ! tes yeux encor ont des pleurs à répandre.

Apprens, il en eſt tems, quel revers fit ſuſpendre

L'Arrêt que ſur moi-même on avoit prononcé.

Je ſuis mere, Euphémie : ah ! l'aurois-tu penſé,

Que j'aurois en horreur un nom ſi plein de charmes ?

Un fils vit dans mes flancs, triſte objet de mes larmes ;

Quand ſes yeux s'ouvriront à l'aſtre qui nous luit,

Les miens ſe fermeront dans l'éternelle nuit.

Je n'ai donc point encore aſſouvi votre haine,

Barbares ! triomphez, votre rage inhumaine,

Par de nouveaux efforts peut ſur moi s'attacher,

Et vous avez encore un fils à m'arracher.

Quoi ! j'abandonne un fils quand la mort me délivre !

Déjà couvert de honte un fils doit me ſurvivre !

Un fils ! … Ciel ! dans mon ſein je le ſens treſſaillir ;

Preſſent-il les malheurs qui doivent l'aſſaillir ?

Eſt-il, avant d'atteindre aux portes de la vie,

Soumis à la douleur ainſi qu'à l'infamie ?

Né dans les flancs obſcurs d'un lugubre caveau,

La pierre où je m'étens, ſera donc ſon berceau !

Sur la terre jetté, rebut de la Nature,

De cités en cités, errant à l'aventure,

Un jour il apprendra, par la voix des Mortels,

Nos crimes supposés, nos malheurs trop réels ;

Il croira tout, peut-être il maudira sa mere.....

Achevez : trop long-tems votre rage diffère ;

Que tardez-vous ? Frappez, qu'il partage mon sort ;

Qu'il passe, en un moment, du néant à la mort.....

Ce fils n'est point coupable ; eh ! le suis je moi-même ?

Que dis-tu, Malheureuse ? O Dieu que je blasphême,

Pardonne des transports dans mon cœur expiés ;

Dieu juste, avec ce fils, tu me vois à tes pieds.

Son pere ne vit plus ; on lui ravit sa mere :

Mais il n'a rien perdu, si-tu lui fers de pere.

Appui des innocens, toi qui combats pour eux,

Venge mon infortune en le rendant heureux.

Je goutois le bonheur, je l'ai perdu sans crime,

Tu le fais, ô mon Dieu, l'Injustice m'opprime :

Et du lit nuptial me traîne à l'échafaud ;

Mais si j'espere en toi, du fond de mon cachot,

Et si tu dois encore un prix à mon courage,

Ce prix eſt à mon fils, qu'il ſoit ſon héritage ;

Et que ce fils, du moins, par le malheur flétri,

Ne maudiſſe jamais le flanc qui l'a nourri.

***

APPROBATION.

J'AI lu par ordre de Monſeigneur le Chancelier, un Manuſcrit qui a pour titre : *Thérèſe Danet à Euphémie, Héroïde ;* & je n'y ai rien trouvé qui m'ait paru devoir en empêcher l'impreſſion. A Paris, ce 17 Août 1771.

COQUELEY DE CHAUSSEPIERRE.